Man sieht nur mit dem Herzen gut …

Die schönsten Gedanken und Zitate von

Antoine de Saint-Exupéry

DIE ZENTRALE BOTSCHAFT von Antoine de Saint-Exupérys bekanntestem Werk »Der Kleine Prinz« ist heute noch genauso bedeutend wie damals bei seiner Veröffentlichung 1945: »Man sieht nur mit dem Herzen gut. Das Wesentliche ist für die Augen unsichtbar.«
Ob es um das »Sich-vertraut-Machen« mit dem Fuchs geht oder um die Liebe und Treue zu seiner Rose – in der Welt des kleinen Prinzen werden Werte wie Freundschaft, Menschlichkeit und gegenseitiges Vertrauen ganz groß geschrieben.
Die schönsten Texte aus dem Klassiker »Der Kleine Prinz« sind hier kombiniert mit anderen Zitaten aus Saint-Exupérys bekanntesten Werken. Zusammen mit den Zeichnungen des Autors laden sie ein zu einer kleinen Reise, DIE HERZ UND SEELE BERÜHRT.

»Wenn du bei Nacht den Himmel anschaust, wird es dir sein, als lachten alle Sterne, weil ich auf einem von ihnen wohne, weil ich auf einem von ihnen lache. Du allein wirst Sterne haben, die lachen können!«

Es war einmal ein kleiner Prinz,
der wohnte auf einem Planeten,
der kaum größer war
als er selbst, und er brauchte
einen Freund…

Am Ende
geht einer doch
immer dahin,
wohin es ihn zieht.

Flug nach Arras

»Ich muss Freunde finden und viele Dinge kennen lernen.«

Schaut den Himmel an.
Fragt euch: Hat das Schaf die Blume gefressen oder nicht?
Ja oder nein?

»Bei mir zu Hause ist wenig Platz. Ich brauche ein Schaf. Zeichne mir ein Schaf.«

Für euch, die ihr den kleinen Prinzen auch liebt...
kann nichts auf der Welt unberührt bleiben,
wenn irgendwo, man weiß nicht wo,
ein Schaf, das wir nicht kennen,
eine Rose vielleicht gefressen hat
oder vielleicht nicht gefressen hat...

»Das ist die Kiste.
Das Schaf, das du willst, steckt da drin.«

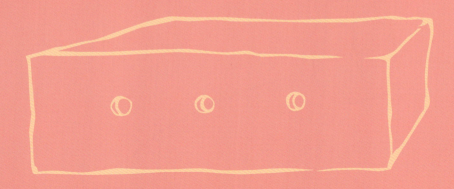

Der kleine Prinz deckt seine Blume jede Nacht mit seinem Glassturz zu und er gibt auf sein Schaf gut acht. Dann bin ich glücklich. Und alle Sterne lachen leise.

Wir wissen nur, dass es ungeahnte Situationen gibt, die uns erfinderisch werden lassen.

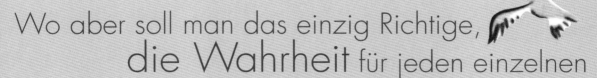

Wo aber soll man das einzig Richtige, die Wahrheit für jeden einzelnen Menschen finden?

Wind, Sand und Sterne

Du bist mitten
in deinem Handeln drin.
Dein Handeln bist du selbst.
Du findest dich sonst nirgends mehr.

FLUG NACH ARRAS

Ich bin nur dem verbunden, den ich beschenke.
Ich verstehe nur, wem ich mich liebend nahe.
Ich existiere nur,
 insoweit mich die Quellen
meiner Wurzeln tränken.

Flug nach Arras

Den Ablauf der Zeit empfinden die meisten Menschen für gewöhnlich gar nicht; sie sind von der Vergänglichkeit vorläufig auf freien Fuß gesetzt.

WIND, SAND UND STERNE

»Warum sollen wir vor einem Hut Angst haben?«
Meine Zeichnung stellte aber keinen Hut dar.
Sie stellte eine Riesenschlange dar,
die einen Elefanten verdaut.

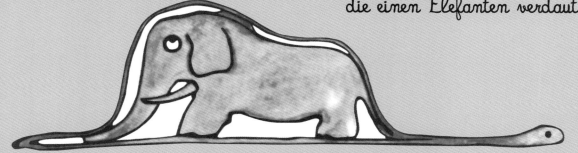

»Also auch du kommst vom Himmel! Von welchem Planeten bist du denn?«

Ich habe ernsthafte Gründe zu glauben, dass **der Planet,** von dem der kleine Prinz kam, der Asteroid B 612 ist.

Schon leuchtete ein Stern, und ich sah ihn an.
Ich dachte, wie die weiße Fläche,
auf der ich mich befand, seit Hunderttausenden
von Jahren nur den Sternen dargeboten war,
ein fleckenloses Tuch unter den
 reinen Himmel gebreitet.

Wind, Sand und Sterne

Wir bewohnen einen **Wandelstern.** Manchmal zeigt er uns seine Herkunft; ein Teich, der mit dem Meer in Verbindung steht, lässt uns verborgene Verwandtschaften ahnen.

WIND, SAND UND STERNE

»Für die einen, die reisen, sind die Sterne Führer.«

Was geht denn in mir vor?

Mein Gewicht bindet mich an den Boden,
wo doch alle Sterne mich magnetisch anziehen.
Aber wieder ein anderes Gewicht wirft mich
auf mich selbst zurück und
zieht mich zu so vielen fernen Dingen.
Meine Träume sind
wirklicher als der Mond, als die Dünen,
als alles, was um mich ist.

WIND, SAND UND STERNE

Die großen Leute haben eine Vorliebe für Zahlen. Wenn ihr ihnen von einem neuen Freund erzählt, befragen sie euch nie über das Wesentliche. Sie fragen euch nie: Wie ist der Klang seiner Stimme? Welche Spiele liebt er am meisten? Sammelt er Schmetterlinge? Sie fragen euch: Wie alt ist er? Wie viele Brüder hat er? Wie viel wiegt er? … Dann erst glauben sie, ihn zu kennen.

Der Beweis dafür, dass es den kleinen Prinzen
wirklich gegeben hat, besteht darin,
dass er entzückend war, dass er lachte
und dass er ein Schaf haben wollte;

denn wenn man sich ein Schaf wünscht,
ist es doch ein Beweis dafür,
                                      dass man lebt ….

Kinder müssen mit großen Leuten viel Nachsicht haben.

Das Kind nimmt dich nur an die Hand, um dich zu lehren.

DIE STADT IN DER WÜSTE

»Wenn einer eine Blume liebt,
die es nur ein einziges Mal gibt auf allen Millionen und Millionen Sternen, dann genügt es ihm völlig, dass er zu ihnen hinaufschaut, um glücklich zu sein.«

In der Tat gab es auf dem Planeten des kleinen Prinzen
wie auf allen Planeten gute Gewächse und schlechte Gewächse.
Aber die *Samen* sind unsichtbar.

Sie schlafen geheimnisvoll in der Erde,
bis es einem von ihnen einfällt aufzuwachen.

Man darf den Blumen nicht zuhören, man muss sie anschauen und einatmen.

»Die Blumen sind schwach.
Sie sind arglos.
Sie schützen sich, wie sie können.
Sie bilden sich ein,
dass sie mit Hilfe der Dornen
gefährlich wären...«

»Die Dornen, die haben gar keinen Zweck, die Blumen lassen sie aus reiner Bosheit wachsen!«
»Oh! ... Das glaube ich dir nicht!«

»Und wenn ich eine Blume kenne, die es
    in der ganzen Welt nur ein einziges Mal gibt,
nirgends anders als auf meinem kleinen Planeten,
    und wenn ein kleines Schaf, ohne zu wissen,
was es tut, diese Blume eines Morgens
so mit einem einzigen Biss auslöschen kann –
        das soll nicht wichtig sein?!«

»Du weißt doch, wenn man recht traurig ist, liebt man die Sonnenuntergänge ...«

Mein Hammer, mein Bolzen,
der Durst und der Tod, alles war mir gleichgültig.
Es galt auf einem Stern,
einem Planeten, auf dem meinigen,
hier auf der Erde, einen kleinen Prinzen zu trösten!

Sehnsucht nach Liebe ist Liebe.
Und siehe, du bist schon gerettet,
wenn du versuchst, der Liebe
entgegenzuwandern.

Die Stadt in der Wüste

Denn die Arme der Liebe halten dich gut,
sie halten deine Gegenwart,
deine Vergangenheit,
deine Zukunft,
die Arme der Liebe umfassen dich ganz …

Südkurier

Wenn du, mein Freund, etwas voller Liebe von mir empfängst, so ist es, als wenn du den Botschafter meines inneren Reiches willkommen hießest! Und du behandelst ihn freundlich und bittest ihn, sich zu setzen und hörst ihn an. Und so sind wir glücklich.

Die Stadt in der Wüste

Es ist traurig,
einen Freund zu vergessen.

Nicht jeder
 hat einen Freund
 gehabt.

Den Freund kennzeichnet es vor allem, dass er nicht richtet ...

DIE STADT IN DER WÜSTE

Das Leben trennt uns oft von den Kameraden,
es hindert uns sogar, viel an sie zu denken.
Aber sie sind da, wenn man auch nicht recht weiß wo.
Sie lassen nichts von sich hören und
wir denken kaum an sie, und doch sind sie so treu!
Wenn sich dann die Wege kreuzen,
packen sie uns bei den Schultern
und schütteln uns leuchtenden Auges die Hand.

WIND, SAND UND STERNE

»Du wirst immer **mein Freund** sein.

Du wirst Lust haben, mit mir zu lachen.«

Die Erde schenkt
               uns mehr Selbsterkenntnis
als alle Bücher,
weil sie uns Widerstand leistet.

WIND, SAND UND STERNE

Zuweilen macht es ja wohl nichts aus, wenn man seine Arbeit auf später verschiebt.

»Wenn man seine Morgentoilette beendet hat, muss man sich ebenso **sorgfältig** an die Toilette des Planeten machen.«

Wie dringlich eine Handlung
auch sein mag, wir dürfen nie vergessen,
dass eine innere Berufenheit
sie beherrschen muss,
soll sie nicht unfruchtbar bleiben.

<small>BEKENNTNIS EINER FREUNDSCHAFT</small>

Der Bauer ringt in zäher Arbeit der Erde immer wieder eines ihrer Geheimnisse ab, und die Wahrheiten, die er ausgräbt, sind allgültig.

Wind, Sand und Sterne

Wenn sie gut gefegt werden, brennen die Vulkane sanft und regelmäßig, ohne Ausbrüche.

Nur eins rettet:
ein Schritt – und noch ein Schritt.
Immer wieder tut man denselben Schritt.

Wind, Sand und Sterne

… die Blume wurde nicht fertig damit,
sich in ihrer grünen Kammer auf
ihre Schönheit vorzubereiten.
Sie wählte ihre Farben mit Sorgfalt,
sie zog sich langsam an,
sie ordnete ihre Blütenblätter
eins nach dem andern.

»Ich hätte sie nach ihrem Tun und nicht
       nach ihren Worten beurteilen sollen …
Ich hätte hinter all den armseligen Schlichen
ihre Zärtlichkeit erraten sollen …

                    Aber ich war zu jung,
          um sie lieben zu können.«

»Was raten Sie mir, wohin ich gehen soll?«
»Auf den Planeten Erde«, antwortete der Geograf, »er hat einen guten Ruf …«

Wir hatten das Gefühl,
  einer unbekannten Zukunft
entgegenzureisen, denn
  pausenlos trug uns der Schlag
unseres Herzens im Zug der steten,
  nie rastenden Winde.

Wind, Sand und Sterne

Ich ahne, oder glaube zu ahnen,
was mich erwartet. Habe ich recht?
Weder Himmel noch Sand geben mir
 ein noch so leises Anzeichen.
Aber Libellen und ein grüner Schmetterling
 haben mir etwas zugeflüstert.

Wind, Sand und Sterne

Der Nachtflug mit seinen hunderttausend Sternen, die lichte Heiterkeit, das herrliche Gefühl einiger Stunden, lassen sich für Geld nicht kaufen.

WIND, SAND UND STERNE

Wir sind alle Schicksalsgefährten, vom gleichen Stern durch den Raum getragen.

Die Stadt in der Wüste

Das Leben schafft Ordnung,
aber die Ordnung bringt kein Leben hervor.

BEKENNTNIS EINER FREUNDSCHAFT

„Es verstößt gegen die Etikette, in Gegenwart eines Königs zu gähnen."

Er wusste nicht, dass für die **Könige** die Welt etwas höchst Einfaches ist: Alle Menschen sind Untertanen.

»Und die Sterne gehorchen Euch?«

»Gewiss«, sagte der König.
»Sie gehorchen aufs Wort.
Ich dulde keinen Ungehorsam.«

»Man muss von jedem fordern, was er leisten kann.«

»Ich möchte einen Sonnenuntergang sehen ... Machen Sie mir die Freude ... Befehlen Sie der Sonne unterzugehen ...«

Die Liebe ❋ denkt man nicht.

Die Liebe ❋ ist.

Die Stadt in der Wüste

Wie wenig Lärm machen
die wirklichen Wunder!

Wie einfach sind
die wesentlichen Ereignisse.

BEKENNTNIS EINER FREUNDSCHAFT

»Gewiss, ein Irgendwer, der vorübergeht,
könnte glauben, meine Rose sei euch ähnlich.
Aber in sich selbst ist sie wichtiger als ihr alle,
da sie es ist, die ich begossen habe.
Da sie es ist, die ich klagen
oder sich rühmen gehört habe oder
auch manchmal schweigen.
    Da es meine Rose ist.«

»Die Menschen bei dir zu Hause«,
sagte der kleine Prinz, »züchten fünftausend
Rosen in ein und demselben Garten ...
und doch finden sie dort nicht,
was sie suchen ... Und dabei kann
man das, was sie suchen,
in einer einzigen Rose oder
in einem bisschen Wasser finden ...«

»Wenn es dir gelingt, über dich selbst gut zu Gericht zu sitzen, dann bist du ein wirklich Weiser.«

»Es ist viel schwerer, sich selbst zu verurteilen, als über andere zu richten.«

So erkannte ich immer deutlicher, dass man den Menschen nicht zuhören darf, sondern sie verstehen muss.

DIE STADT IN DER WÜSTE

„Ah, ah, ah, schau, schau, ein Bewunderer kommt zu Besuch!" Denn für die Eitlen sind die anderen Leute Bewunderer.

Die Eitlen hören immer nur die Lobreden.

Wenn man begreifen will, so ist die erste Voraussetzung hierfür eine Art Uneigennützigkeit; man muss sich selber **vergessen** können.

BRIEFE AN RINETTE

Der Mensch allein baut um sich herum eine Einsamkeit,
wo doch sonst in unserer Welt Leben so leicht zu Leben findet,
wo sich die Blumen im Windstrich zu Blumen gesellen
und alle Schwäne einander kennen.

WIND, SAND UND STERNE

Wir können nur dann in Frieden leben
und in Frieden sterben, wenn wir uns
unserer Rolle ganz bewusst werden,
und sei diese auch noch so unbedeutend
und unausgesprochen.
Das allein macht
glücklich.

WIND, SAND UND STERNE

Manche Leute bleiben für ihr Leben
in ihren Geschäften stecken,
andere aber gehen
mit untrüglicher Sicherheit
einen Weg in
ganz bestimmter Richtung.

Wind, Sand und Sterne

Erkennen heißt nicht zerlegen,
auch nicht erklären.
Es heißt, Zugang zur Schau finden.
Aber um zu schauen,
muss man erst teilnehmen.
Das ist eine harte Lehre.

FLUG NACH ARRAS

»Die Sterne sind schön,

weil sie an eine Blume erinnern,

die man nicht sieht ...«

»Und was hast du davon,
die Sterne zu besitzen?«

»Das macht mich reich.«

»Du besitzt die Sterne?«
»Die Könige besitzen nicht,
sie ›regieren über‹.«

Will man geistreich sein, dann kommt es darauf an, dass man ein bisschen aufschneidet.

»Wenn ich eine Blume habe,
 kann ich meine Blume pflücken
und mitnehmen.
Aber du kannst die Sterne
nicht pflücken!«

Wenn du bei deinem Freund und bei dir selber ... die gemeinsame Wurzel suchst ... so gibt es keine Entfernung und keine Zeit, die euch trennen könnte, denn jene Götter, auf die sich eure Einheit gründet, spotten aller Mauern und Meere.

Die Stadt in der Wüste

Für den Menschen gibt es nur eine Wahrheit,
das ist die, die aus ihm einen Menschen macht.

Wind, Sand und Sterne

Es ist gut für meine Vulkane
und gut für meine Blume,
dass ich sie besitze.

Ich besitze drei Vulkane,
die ich jede Woche kehre.
Denn ich kehre auch
den erloschenen.
Man kann **nie** wissen.

Um bestehen zu können, brauchen wir um uns herum … dauerhafte, wirkliche Dinge.

SÜDKURIER

Der kleine Prinz dachte über die ernsthaften Dinge völlig anders als die großen Leute.

Wenn er seine Laterne ⭐ auslöscht,

so ⭐ schlafen Stern oder Blume ein.

Das ist eine hübsche Beschäftigung.

Seine Arbeit hat wenigstens **einen Sinn.** Wenn er seine Laterne anzündet, so ist es, als setzte er einen neuen Stern in die Welt, oder **eine Blume.**

»Wenn du eine Blume liebst,
  die auf einem Stern wohnt, so ist es schön,
bei Nacht den Himmel zu betrachten.
  Alle Sterne sind voll Blumen.«

Meine Blume ist vergänglich,
    sagte sich der kleine Prinz,
und sie hat nur vier Dornen,
um sich gegen die Welt zu wehren!
Und ich habe sie ganz allein
zu Hause zurückgelassen!

Aus welchen geheimen Vorgängen sind die besonderen Zärtlichkeiten gewoben und aus ihnen wieder die Liebe zur Heimat?

BEKENNTNIS EINER FREUNDSCHAFT

Wenn wir
das Wesentliche
erkennen wollen,
müssen wir für
einen Augenblick
alle Trennungen vergessen.

Wind, Sand und Sterne

Was mich an diesem kleinen eingeschlafenen Prinzen so sehr rührt, ist seine Treue zu einer Blume, ist das Bild einer Rose, das ihn durchstrahlt wie die Flamme einer Lampe, selbst wenn er schläft…

Du hast nichts zu erhoffen,
wenn du **blind** bist
gegenüber jenem Licht,
das nicht von den
Dingen, sondern **vom Sinn**
der Dinge herrührt.

Die Stadt in der Wüste

»Nur die Kinder wissen, wohin sie wollen«, sagte der kleine Prinz.

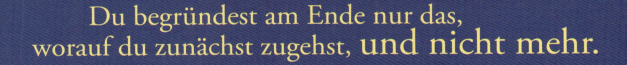

Du begründest am Ende nur das,
worauf du zunächst zugehst, und nicht mehr.

Du erschaffst nur das,
womit du dich gerade befassest.

Die Stadt in der Wüste

»Die Leute«, sagte der kleine Prinz,
»schieben sich in die Schnellzüge,
aber sie wissen gar nicht, wohin sie fahren wollen.
Nachher regen sie sich auf und drehen sich im Kreis …«
 Und er fügte hinzu: »Das ist nicht der Mühe wert …«

Wenn man eine Eiche pflanzt, darf man nicht die Hoffnung hegen, nächstens in ihrem Schatten zu ruhen.

WIND, SAND UND STERNE

»Weißt du …
ich kenne ein Mittel,
wie du dich
ausruhen könntest,
wenn du wolltest …«
Denn man kann treu
und faul zugleich sein.

»Jede Minute zünde ich einmal an, lösche ich einmal aus!«
»Das ist lustig!

Die Tage dauern bei dir eine Minute!«

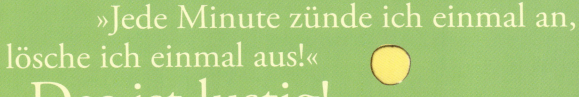

»… was ich im Leben liebe,
ist der Schlaf.«

Dabei ist er der Einzige, den ich nicht lächerlich finde. Vielleicht deswegen, weil er sich mit anderen Dingen beschäftigt statt mit sich selbst.

Wenn du das Wort Glück begreifen willst,
musst du es als Lohn
und nicht als Ziel verstehen,
denn sonst
hat es keine Bedeutung.

Die Stadt in der Wüste

»Was anderen gelungen ist, wirst du auch bewältigen!«

WIND, SAND UND STERNE

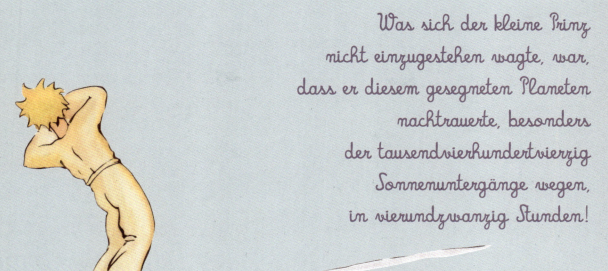

Was sich der kleine Prinz nicht einzugestehen wagte, war, dass er diesem gesegneten Planeten nachtrauerte, besonders der tausendvierhundertvierzig Sonnenuntergänge wegen, in vierundzwanzig Stunden!

Du wirst nicht den Frieden finden,
wenn du nichts verwandelst,
wie es dir gemäß ist.
Wenn du nicht
zu Gefährt, Weg und
Beförderung wirst.

DIE STADT IN DER WÜSTE

Eine Wahrheit erkennen,
heißt vielleicht nur,
sie **im Schweigen** zu sehen.

Die Stadt in der Wüste

Erwarte nichts vom Menschen, wenn er für seinen Lebensunterhalt arbeitet und nicht für seine Ewigkeit.

DIE STADT IN DER WÜSTE

Der Mensch-
wird vom Geist beherrscht.

BEKENNTNIS EINER FREUNDSCHAFT

Zuerst notiert man die Erzählung der Forscher mit Bleistift.

Um sie mit Tinte aufzuschreiben, wartet man, bis der Forscher Beweise geliefert hat.

Der Geograf ist zu wichtig, um herumzustreunen.
Er verlässt seinen Schreibtisch nicht.

Aber er **empfängt** die Forscher.
Er befragt sie und
schreibt sich ihre Eindrücke auf.

Frieden bedeutet in einem Gesicht zu lesen,
das sich hinter den Dingen zeigt,
          wenn sie ihren Sinn und
          ihren Platz bekommen haben.

FLUG NACH ARRAS

»Es ist sehr selten,
dass ein Berg
seinen Platz wechselt.

Es ist sehr selten,
dass ein Ozean seine Wasser
ausleert. Wir schreiben
die ewigen Dinge auf.«

»Mein Stern
wird für dich einer der Sterne sein.
Dann wirst du alle Sterne gern anschauen ...
Alle werden sie deine Freunde sein.«

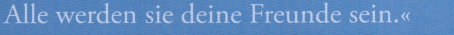

Ich muss versuchen, Anschluss zu finden.

Wind, Sand und Sterne

»Und wenn du dich getröstet hast (man tröstet sich immer), wirst du froh sein, mich gekannt zu haben.«

Gleichheit ist nur noch
ein sinnloses Wort,
wenn nichts vorhanden ist,
worin sich diese
Gleichheit knüpfen lässt.

FLUG NACH ARRAS

„Es ist gut, einen Freund gehabt zu haben, selbst wenn man sterben muss."

»Seid meine Freunde,
ich bin allein«,
sagte er.

»Es gibt eine Blume… ich glaube, die hat mich gezähmt…«

Der Mensch
ist nichts als ein Bündel
von Beziehungen.

Die Beziehungen allein
zählen für den Menschen.

FLUG NACH ARRAS

Man muss sich lange eines Freundes annehmen, ehe er die Freundschaft einfordert, die man ihm schuldet.

BEKENNTNIS EINER FREUNDSCHAFT

»Die Menschen?
Es gibt, glaube ich,
sechs oder sieben.
Ich habe sie vor Jahren
gesehen. Aber man weiß
nie, wo sie zu finden sind.
Der Wind verweht sie.
Es fehlen ihnen
die Wurzeln, das ist
sehr übel für sie.«

»Man ist ein bisschen einsam
in der Wüste ...«

»Man ist auch bei den Menschen
einsam«,
sagte die Schlange.

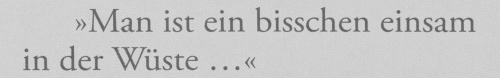

So fühlst du dich gespannt und belebt von dem Feld der Kräfte,

die dich anziehen und abstoßen, dich treiben und dir widerstreben.

So bist du verankert, gut eingepasst,

genau justiert in den Mittelpunkt der Himmelsrichtungen.

BEKENNTNIS EINER FREUNDSCHAFT

Darum, mein Freund,
brauche ich so sehr deine Freundschaft.
 Ich dürste nach einem Gefährten, der,
jenseits der Streitfragen des Verstandes,
in mir den Pilger dieses Feuers sieht…

BEKENNTNIS EINER FREUNDSCHAFT

Das Meer war zugleich grün und weiß;
weiß wie Staubzucker und stellenweise grün wie Smaragd.

WIND, SAND UND STERNE

Ich kenne die Liebe,
 in ihr stellt sich keine Frage mehr.
Und nach und nach, von einem bezwungenen
Widerspruch zum nächsten,
 gehe ich dem Schweigen der Fragen
und so der Seligkeit entgegen.

DIE STADT IN DER WÜSTE

Ich ging an das Ufer des Meeres, um Atem zu holen.

BEKENNTNIS EINER FREUNDSCHAFT

Ich werde eine Hymne auf die Stille schreiben.
…Stille, die dich bei der Entfaltung
deiner Gedanken behütet…
Stille der Gedanken, die ihre Flügel breiten,
denn es ist schlecht, wenn du in deinem Geiste
oder deinem Herzen unruhig bist.

DIE STADT IN DER WÜSTE

Wozu umkehren?
Ich will nicht umlenken,
wo ich vielleicht
kurz vor der Freiheit stehe,
wo ich vielleicht
gleich die Arme nach
dem Meer ausstrecken kann …

Ich habe die Wüste immer geliebt.
    Man setzt sich auf eine Sanddüne.
Man sieht nichts.
                        Man hört nichts.
Und währenddessen strahlt etwas in der Stille.

Die wahre Liebe verausgabt sich nicht. Je mehr du gibst, umso mehr verbleibt dir. Und wenn du dich anschickst, aus dem wahren Brunnen zu schöpfen, spendet er umso mehr, je mehr du schöpfst.

Die Stadt in der Wüste

»Es macht
die Wüste schön«,
sagte der kleine Prinz,
»dass sie irgendwo
einen Brunnen
birgt.«

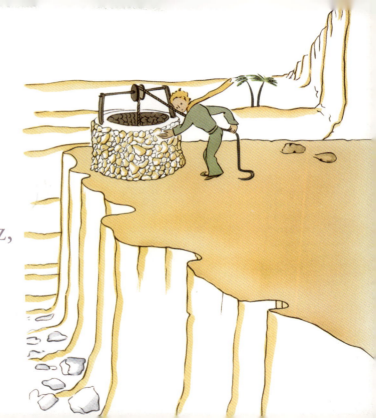

Der Sieg ist die Frucht der Liebe.
Die Liebe allein erkennt das Gesicht,
das es zu formen gilt.
Die Liebe allein leitet zu ihm hin.
Der Verstand taugt nur im Dienst der Liebe.

FLUG NACH ARRAS

»Komm und spiel mit mir«, schlug ihm der kleine Prinz vor.

»Ich bin so traurig...«

»Du bist zeitlebens für das verantwortlich, was du dir vertraut gemacht hast.«

»Du wirst für mich einzig sein in der Welt. Ich werde für dich einzig sein in der Welt ...«

»Noch bist du für mich nichts als ein kleiner Junge, der hunderttausend kleinen Jungen völlig gleicht. Ich brauche dich nicht und du brauchst mich ebenso wenig. Ich bin für dich nur ein Fuchs, der hunderttausend Füchsen gleicht. Aber wenn du mich zähmst, werden wir einander brauchen.«

Um die Liebe zu mir zu stiften,
lasse ich jemanden in dir entstehen,
der für mich Partei ergreift ...

Die Stadt in der Wüste

Nur das Unbekannte ängstigt den Menschen. Sobald man ihm die Stirn bietet, ist es schon kein Unbekanntes mehr, besonders wenn man es mit hellsichtigem Ernst beobachtet.

Wind, Sand und Sterne

⭐ Wenn uns ein außerhalb unseres Ichs liegendes gemeinsames Ziel mit anderen Menschen ⭐ brüderlich verbindet, dann allein atmen wir frei.

WIND, SAND UND STERNE

»Aber wenn du mich zähmst,
wird mein Leben voller Sonne sein.
Ich werde den Klang
deines Schrittes kennen,
der sich von allen anderen
unterscheidet.«

Wenn ich dich erobere, befreie ich einen Menschen. Wenn ich dich zwinge, erdrücke ich ihn. Durch die Eroberung wird in dir und durch dich hindurch etwas aufgebaut, was von dir selber herrührt.

Die Stadt in der Wüste

Die Demut des Herzens verlangt nicht,
dass du dich demütigen, sondern dass du dich öffnen sollst.
Das ist der Schlüssel des Austausches.
Nur dann kannst du geben und empfangen.

Die Stadt in der Wüste

»Man kennt nur die Dinge, die man zähmt«, sagte der Fuchs.
»Die Menschen haben keine Zeit mehr, irgendetwas kennen zu lernen.
Sie kaufen sich alles fertig in den Geschäften. Aber da es keine
Kaufläden für Freunde gibt, haben die Leute keine Freunde mehr.«

»Du musst sehr geduldig sein«, antwortete der Fuchs.
»Du setzt dich zuerst ein wenig abseits von mir ins Gras.
Ich werde dich so verstohlen, so aus dem Augenwinkel
anschauen und du wirst nichts sagen ... Aber jeden Tag
wirst du dich ein bisschen näher setzen können ...«

Ich, der ich sehe und verstehe, weil ich im Schweigen meiner Liebe nicht auf die Worte höre – ich habe erkannt, dass nichts für den Menschen den gleichen Wert hat wie der Duft des Wachses an einem bestimmten Abend, wie eine goldene Biene in einer bestimmten Morgenröte, wie eine schwarze Perle auf dem Meeresgrund, die du nicht besitzt.

Die Stadt in der Wüste

Ausdruck verleihen bedeutet, aus der zusammenhanglosen Gegenwart das eine Gesicht zu formen, das sie beherrscht; es bedeutet, mit Hilfe der Steine *die Stille* zu erschaffen.

Die Stadt in der Wüste

Die Liebe ist vor allem ein Lauschen im Schweigen. Lieben heißt nachsinnen.

DIE STADT IN DER WÜSTE

So verleiht auch –
da eine Wirkung die andere auslöst –
dein Lächeln am Morgen
oder die Bewegung zu deiner Geliebten hin
einem jeden Ding seinen Sinn.

Die Stadt in der Wüste

Die wahre Freude ist die Freude am andern.

BEKENNTNIS EINER FREUNDSCHAFT

»Wenn du zum Beispiel um vier Uhr nachmittags kommst, kann ich um drei Uhr anfangen, glücklich zu sein. Je mehr die Zeit vergeht, umso glücklicher werde ich mich fühlen. Um vier Uhr werde ich mich schon aufregen und beunruhigen; ich werde erfahren, wie teuer das Glück ist. Wenn du aber irgendwann kommst, kann ich nie wissen, wann mein Herz da sein soll...«

Ich weiß dir Dank dafür,
dass du mich so hinnimmst,
wie ich bin. Mein Freund,
ich brauche dich
wie einen Gipfel,
auf dem man
freier atmet!

BEKENNTNIS EINER FREUNDSCHAFT

Ich erkenne die Freundschaft daran, dass sie sich nicht enttäuschen lässt, und ich erkenne die wahre Liebe daran, dass sie nicht gekränkt werden kann.

Die Stadt in der Wüste

»Das ist ganz so, wie ich es mir gewünscht habe.«

»Oh, es wird wunderbar sein, wenn du mich einmal gezähmt hast!«

»Ich habe dein Schaf.
Und ich habe die Kiste für das Schaf.
Und ich habe den Maulkorb …«

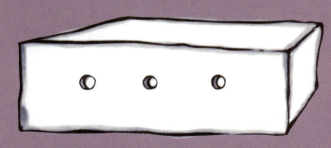

Die Erfahrung lehrt uns, dass Liebe nicht darin besteht, dass man einander ansieht, sondern dass man gemeinsam in gleicher Richtung blickt.

WIND, SAND UND STERNE

Den Frieden bauen,
heißt den Stall weit genug bauen,
damit die ganze Herde darin schlafe.

Die Stadt in der Wüste

Ich werde dir nicht die Gründe sagen,
weshalb du mich lieben sollst,
denn du hast keine Gründe. Der Grund
zum Lieben ist die Liebe selber.

Die Stadt in der Wüste

Ich liebe den Freund, der in
den Versuchungen die Treue hält.
Denn wenn es keine Versuchung gäbe, gäbe es auch keine Treue,
und dann hätte ich keinen Freund. Und es ist mir recht,
wenn einige fallen, um so den anderen ihren Wert zu geben.

DIE STADT IN DER WÜSTE

»Hier ist mein Geheimnis. Es ist ganz einfach: Man sieht nur mit dem Herzen gut. Das Wesentliche ist für die Augen unsichtbar.«

Über meine ungeschickten Worte, über die Urteile hinweg, die mich irreführen können, siehst du in mir einfach den Menschen.

Bekenntnis einer Freundschaft

Zu dir kann ich kommen...
In deiner Nähe muss ich mich nicht entschuldigen, nicht verteidigen, muss ich nichts beweisen.

BEKENNTNIS EINER FREUNDSCHAFT

Nimm Platz an meiner Seite, denn du existierst.

Die Stadt in der Wüste

Diese Sternstunden aber lassen eine so tiefe Sehnsucht im Herzen zurück, dass manche Menschen Heimweh nach ihren trübsten Zeiten fühlen, wenn diese ihren Freuden entsprossen sind.

WIND, SAND UND STERNE

Es gibt nur eine
 wahrhafte Freude:
den Umgang mit Menschen.

Ich tauche in die Nacht
und ziehe meine Bahn.
Nur noch die Sterne
gehören mir.

Wind, Sand und Sterne

»Es wird sein,
als hätte ich dir statt der Sterne
eine Menge kleiner Schellen
geschenkt, die lachen können…«

›Ja, die Sterne, die bringen mich immer zum Lachen!‹

Und ich liebe es, des Nachts den Sternen zuzuhören.
Sie sind wie fünfhundert Millionen Glöckchen ...

Ein Leuchtturm ist kein Maß für die Entfernung. Sein Licht wird lediglich von den Augen wahrgenommen. Und alle Wunder des Kontinents leben in diesem Stern.

BEKENNTNIS EINER FREUNDSCHAFT

Mensch sein,
heißt Verantwortung fühlen …

WIND, SAND UND STERNE

Ja, das Alter eines Menschen,
　　　es bedeutet eine schöne Fracht
von Erfahrungen und Erinnerungen!

BEKENNTNIS EINER FREUNDSCHAFT

Wenn ich suche,
habe ich gefunden,
denn der Geist verlangt
nur nach den Dingen,
die er besitzt.

Die Stadt in der Wüste

Und dennoch durfte ich entdecken, wie reich an Träumen ich war. Sie kamen zu mir, lautlos wie das Wasser einer Quelle, so dass ich zuerst das Glücksgefühl nicht zu deuten wusste, das mich durchdrang.

Wind, Sand und Sterne

»Aber die Augen sind blind.
Man muss mit dem Herzen suchen.«

Wir geben uns ein großartiges Ansehen, wir Menschen, aber heimlich im Herzen kennen wir das Zögern, den Zweifel, den Kummer ...

Bekenntnis einer Freundschaft

Wenn deine Liebe nicht hoffen kann, Gehör zu finden, sollst du sie verschweigen. Sie kann in dir reifen, wenn Schweigen herrscht. Denn sie schafft eine Richtung in der Welt, und jede Richtung lässt dich größer werden, die es dir erlaubt, **dich zu nähern,** dich zu entfernen, einzutreten, hinauszugehen, zu finden, zu verlieren.

Die Stadt in der Wüste

Nein, ich suche nicht die Gefahr;

ich weiß, was ich suche:

Ich suche das Leben.

WIND, SAND UND STERNE

Es ist wundersam,
    wie man sich jeder Lage
anpasst.

Wind, Sand und Sterne

Ich fühlte das Bedürfnis, diejenigen, deren ich zu meiner Orientierung bedurfte, fester und dauerhafter zu empfinden als mich selbst. Um zu wissen, wohin ich zurückkehre. Um zu leben.

BEKENNTNIS EINER FREUNDSCHAFT

Ich kenne manch eine Gegenwart, freigiebig wie die Bäume, die ihre Zweige weit ausbreiten, um Schatten zu spenden.

Die Stadt in der Wüste

Es gibt kein Wort, um das auszusprechen, was in mir ist. Ich kann es nur in dem Maße bezeichnen, in dem du es schon auf anderen Wegen als durch das Wort verstehst: Etwa durch das Wunder der Liebe
             oder weil du mir gleichst …

DIE STADT IN DER WÜSTE

Oh, das Wunder ⭐ des heimatlichen Hauses besteht nicht darin, dass es uns schützt und wärmt, es besteht auch nicht im Stolz des Besitzes. Seinen Wert ⭐ erhält es dadurch, dass es in langer Zeit einen Vorrat von Beglückung aufspeichert, dass es tief im Herz die dunkle Masse ⭐ sammelt, aus der wie Quellen die Träume ⭐ entspringen.

Wind, Sand und Sterne

Der ganze Tag erscheint schön,
gleich Straßen, **die zum Meer führen.**

Wind, Sand und Sterne

»Ja«, sagte ich zum kleinen Prinzen, »ob es sich um das Haus, um die Sterne oder um die Wüste handelt, was ihre Schönheit ausmacht, ist unsichtbar!«

Schaut diese Landschaft genau an, damit ihr sie sicher wiedererkennt, wenn ihr eines Tages durch die afrikanische Wüste reist. Und wenn ihr zufällig da vorbeikommt, eilt nicht weiter, ich flehe euch an – wartet ein bisschen,
                gerade unter dem Stern!

Le Petit Prince™

Der Kleine Prinz – Le Petit Prince ™ © Antoine de Saint-Exupéry Estate 2009
Licensed by SOGEX through Euro Lizenzen, München
Die Auswahl der Texte aus „Der Kleine Prinz" erfolgte mit freundlicher Genehmigung
des Karl Rauch Verlags, Düsseldorf © 1950 und 2008
Weitere zitierte Werke:
Wind, Sand und Sterne © 1939 und 1999 Karl Rauch Verlag, Düsseldorf
Die Stadt in der Wüste © 1956 und 2009 Karl Rauch Verlag, Düsseldorf
Flug nach Arras © 1955 und 2002 Karl Rauch Verlag, Düsseldorf
Bekenntnis einer Freundschaft © 1955 und 1999 Karl Rauch Verlag, Düsseldorf
Südkurier © 1956 Karl Rauch Verlag, Düsseldorf
Briefe an Rinette © 1955 Karl Rauch Verlag , Düsseldorf

© 2010 arsEdition GmbH, München
Alle Rechte vorbehalten
Layout: Eva Schindler, Ebersberg

ISBN: 978-3-7607-5355-3
Printed by Tien Wah Press

www.arsedition.de

Der Kleine Prinz Geschenkbücher

1) Aufsteller   ISBN 978-3-7607-5355-3
2) Notizbuch (mit Einstecktasche) ISBN 978-3-7607-5356-0
3) Magnete (6 Motive)   im Buchhandel erhältlich
4) Lesezeichen (6 Motive) im Buchhandel erhältlich
5) Babyalbum (für Jungen) ISBN 978-3-7607-6281-4
6) Babyalbum (für Mädchen) ISBN 978-3-7607-5360-7

Mehr unter www.arsedition.de

Der Kleine Prinz im Karl Rauch Verlag

Das Pop-Up-Buch
ISBN 978-3-7920-0103-5

Das Taschenbuch
ISBN 978-3-7920-0050-2

Die CD
Lesung mit Jan Josef Liefers
ISBN 3-7920-0101-1

Mehr unter www.karl-rauch-verlag.de

Karl **Rauch**